童話大語文

句子篇 上

句式與修辭

陳夢敏　著
冉少丹　繪

新雅文化事業有限公司
www.sunya.com.hk

目錄

小豬巴洛想進想像園

（知識點：比喻）

　　聽説，每一個成功進入想像園的孩子，都能變成自己想要的模樣。比如，小魚想變成小鳥，在想像園裏，他就能生出翅膀，在天空中自由地飛翔；

小老鼠想變成大象，在想像園裏，他就能變得特別龐大，小小的鼻子也能噴水花；小烏龜想變成兔子，在想像園裏，他蹬蹬腿，就能跳得特別高⋯⋯

小豬巴洛也想進入想像園，他來到這裏，發現進入想像園是需要門票的。這裏的門票也很奇特，需要說出一句**比喻句**，才能順利地進入想像園。

　　小豬巴洛問了問站在門口的小松鼠：「怎麼說比喻句呀？」

　　「比喻就是打比方，簡單來說，你說的句子裏一般要有一個『像』字。」小松鼠一邊排隊往前走，一邊說，「聽我說，你立馬就能明白——我的尾巴又大又蓬鬆，像一頂降落

。哎呀，我該進去了！」小松鼠晃了晃毛茸茸的大尾巴 ，從檢票員玀*爺爺身邊跳了過去。

會說「像」就可以了呀！小豬巴洛走到玀爺爺身邊：「玀爺爺，我好像在哪裏見過 您？」

「我一直在這裏檢票，哪兒也沒去過。」玀爺爺說。

「我說了『像』，您得讓我進去呀。」巴洛說。

「你說的可不是比喻句。」小貓阿妙擠 到了巴洛前面，「你聽我怎

* 玀，huān，粵音歡。

7

麼説——空中飄着的雲彩☁，像一片片潔白的羽毛。」

「哦，説『天空』和『像』就可以了呀。」小豬巴洛拍了拍頭，「天空被烏雲遮住了，像是要下雨☂了。獾爺爺，您快讓我進去呀！」

「巴洛呀，你説的可不是比喻句。」獾爺爺搖搖頭。

「我會説，我會説！」小狗阿旺擠到了巴洛前面，「你聽我怎麼説——高大的水杉樹🌲，像士兵一樣挺立在林中，帥極了！」

小狗阿旺也進入了想像園。

小豬巴洛覺得自己開竅了，張嘴就說：「大家都說，我長得像我爸！」

「這也不是比喻句！」小鴨子嘎嘎也擠到了小豬前面，「聽聽我怎麼說——細雨落下來了，細雨像牛毛，像銀針，像細絲！」

小鴨嘎嘎也跑進了想像園。

小豬巴洛急壞了：「獾爺爺，您放我進去吧，我也想像小兔一樣，像小貓一樣，像小狗一樣，痛痛快快地玩一回！」

「打比方呢，就是要找到兩種不同事物之間的相似點，用一種事物來比喻另外一種事物。你看看，你的耳朵 像什麼？」

「哦，我知道了！我的耳朵像扇子一樣。」小豬巴洛話音剛落，想像園的大門就打開了。

「哈哈，我終於說對了，我可以進去玩啦！你們聽，我的笑聲像銀鈴 一樣清脆、響亮！」

小豬巴洛說得沒錯，現在呀，在想像園裏，就數他的笑聲最響亮了！

想像力大比併

　　說到大家最熟悉的修辭手法，那一定是比喻！

　　在寫作文、寫句子時，使用率最高的修辭手法就是比喻。那什麼是比喻呢？比喻就是打比方，也就是**抓住兩種不同性質的事物之間的相似點，用一種事物來說明或描寫另一種事物**，例如：

　　「樹葉一片片落下來，像一隻隻蝴蝶在飛舞。」

　　比喻可以使抽象的事物形象變得具體，使令人生疏的事物變得有熟悉感。在使用比喻進行寫作的同時，還能激發想像力，提高我們的語言表達能力。在寫作中，我們可以多多使用比喻的修辭手法呢！

1. 進入想像園

誰想進入故事中神秘的想像園呢？試從下面的句子中，找出比喻句作為你的門票吧！

A. 看他那神情，好像有許多話要跟我說似的。

B. 岩洞內長着許多石筍，有的像起伏的丘陵，有的像險峻的山峯，有的像矗立的寶塔。

C. 我將來也會長得像爸爸一樣高，變得像祖母一樣老。

D. 我的喉嚨乾得像煙薰火燎。

你找到的比喻句是（　　　）。

2. 句子裝扮大比併

下面的這些句子都不是比喻句，試試發揮你的想像力，把它們改為比喻句吧！

陽光照在草地上。

雨過天晴，天空中出現了彩虹。

城市保衞戰

（知識點：排比）

　　繁花城是一座美麗無比的城市，春有桃花，夏有荷花，秋有菊花，冬有梅花，一年四季，花香不斷。居住在繁花城的人們，都過着平凡而幸福的生活。

　　然而，這一天，黑風國的國王率領軍隊，要來佔領　　這裏。這可把城裏的統治者急壞了，他連忙派出城裏的三位小花仙前去應戰。

　　三位小花仙都會一些魔法　　，接到命令，她們急急忙忙地來到了城門口。

　　黑風國軍隊已經來到了繁花城外，與城門口僅僅隔了一條窄窄的護城河。

小花仙阿春 說：「變變變，讓我們的護城河變得比大河還寬！」

小花仙阿夏 說：「變變變，讓我們的護城河變得比大江還寬！」

小花仙阿秋 說：「變變變，讓我們的護城河變得比大海還寬！」

在小花仙們的咒語的作用下，護城河真的變得比大河寬，又變得比大江寬，最後變得比大海寬，把黑風國的軍隊隔到了很遠很遠的地方。

可是，正當大家歡呼慶祝 時，繁花城的人們發現黑風國的軍隊又回來

了，與繁花城還是僅僅隔了一條窄窄的護城河！原來，黑風國裏也有會魔法的人，那個人輕輕鬆鬆就破解了小花仙們的咒語！

糟糕了！

小花仙阿春急中生智，對其餘兩位小花仙說：「不然，我們把咒語合在一起試試吧！」

於是，三位小花仙齊聲喊道：「變變變，讓我們的護城河變得**比大河還寬、比大江還寬、比大海還寬**！」

　　護城河又變得無邊無際了！

　　三位小花仙緊張地望着護城河對岸，這一次，對方沒能破解 小花仙的咒語，合在一起的咒語果然威力無窮呀！

　　可是還沒高興太久，黑風國的軍隊乘坐着大船，又出現在大家的視線中。

　　有了上次的經驗，三位小花仙不慌不忙地齊聲喊起咒語：「讓我們的城池

堅如磐石、固若金湯、牢不可破！」

　　話音剛落，繁花城的城牆頓時如銅牆鐵壁一般，敵人的槍炮都轟不倒呢。

　　防禦工作做好了，還要增強士兵的戰鬥力，這樣才能打敗敵人。於是，小花仙們又唸起了咒語：「讓我們的士兵擁有**熊的力量、豹的速度、虎的膽量！**」

　　小花仙們的咒語又一次生效了。繁花城的士兵勇猛 出擊，打跑了黑風國的軍隊。

　　繁花城終於安全了！

現在的繁花城呀，飄盪的花香**比任何時候都要濃烈**，揚起的歌聲**比任何時候都要悠揚**，綻放的笑容**比任何時候都要明媚**！

21

反覆三次加強語氣

　　小花仙們齊聲喊出的咒語讓我們感受到很強的氣勢。這樣的感受來自一種神奇的修辭手法——排比！

　　排比是**把意思相關、句法結構相同或相近、字數大致相等、語氣一致的三個或三個以上的片語或句子排列在一起組成句子**的修辭方法。在排比句中，會有相同的詞語反覆出現，這是判斷排比修辭手法的標準。例如：

> 　　現在的繁花城呀，飄盪的花香比任何時候都要濃烈，揚起的歌聲比任何時候都要悠揚，綻放的笑容比任何時候都要明媚！

　　這句話中，三個「……比任何時候都要……」組成排比，突出了繁花城的美好景象。

　　運用排比句，不僅可以增強文章的氣勢和說服力，充分表達出我們想要表達的思想感情，還能增強語言的節奏感和旋律美，好處多多唷！

創造「咒語」

請找出小花仙咒語裏反覆出現的詞語，再想想看，自己也創造出一句類似的咒語吧。

- 變變變，讓我們的護城河變得比大河還寬，比大江還寬，比大海還寬！

這句話中反覆出現的詞語是：

我創造的咒語是：

大嘴巴河馬小姐

（知識點：誇張）

　　大嘴巴河馬小姐家的旁邊，有一個小院。這個小院閒置了很久，最近終於搬來了一位小個子的水獺先生。

但是，大家都要為水獺先生捏一把汗 💧💧。為什麼呢？原來啊，大嘴巴河馬小姐說話太氣人了，她張張大嘴，噴着口水，就能說出氣人的話，氣走了很多位鄰居。

果然，水獺先生搬來的第二天，河馬小姐隔着花園的籬笆牆就喊了起來。

「我說水獺先生呀，**你搬家的動作也太慢了，你和烏龜是親戚？**昨天一整天都在整理，還沒整理完呢？」

其實，搬家是一件麻煩事，任誰都得花點時間 整理一番。偏偏在河馬小姐的眼裏，就成了水獺先生的錯了。

「不好意思，河馬小姐，我搬家吵到您了吧？我會快點整理的。」水獺先生連連道歉。

「哎喲，**說話跟蚊子一樣細聲細語的**，誰聽得見啊？」河馬小姐粗聲粗氣

地說。

水獺先生提高了嗓門：「我以後跟您說話盡量大聲 🔊 一點，清楚一點。」

河馬小姐這才滿意地點點頭。

可是，沒過幾天，河馬小姐又來找水獺先生的麻煩：「你看看，你看看，**你家的牽牛花都長到我家的院子裏來了，這種行為跟橫行霸道的螃蟹有什麼區別？**」

「不好意思，河馬小姐，我這就修

剪修剪 ✂ 這些花。」水獺先生恭恭敬敬地說。

「另外啊，你天天在家熬樹葉燉魚湯，也該換換口味了吧。每天你熬湯的時候，樹葉和魚腥味一飄過來，**我的胃裏就翻江倒海的，恨不得狂吐半個月！**」

水獺先生心裏想：唉，這個河馬小姐，管得也太寬了吧。

可他還是好脾氣地說：「抱歉，我的廚藝 🍳 不太好，等我有空，一定買食譜提升廚藝。」

　　總之，不論河馬小姐說什麼，水獺先生從不生氣，也不反駁，二人相處得也還算和平♥。

　　不知不覺，一個月過去了。

　　這一天，水獺先生捧着一個香噴噴的蛋糕，前來拜訪河馬小姐。

　　「謝謝您，河馬小姐。在您的督促下，我的廚藝大有進步。我想請您嘗嘗我做的蛋糕。」

　　吃了蛋糕的河馬小姐止不住地誇獎起了水獺先生：「**這蛋糕真是美味極了，我恨不得把舌頭都一起**

吞下去！水獺先生，有你這樣的好鄰居，**我的日子比泡在蜜糖罐裏還要甜** ！」

吃着吃着，河馬小姐的臉卻紅了起來：「以前呀，我對您太無禮了，太挑剔了，總是在雞蛋裏挑骨頭 。」

「沒關係，別愧疚了。我倒覺得，是您讓我成為更好 的自己。」水獺先生微笑着説，「一起吃蛋糕吧！」

從此以後，有了水獺先生這樣的好鄰居相伴，河馬小姐嘴裏氣人的話越來越少，誇人的話越來越多了。

讓事物立體又突出的誇張法

看了河馬小姐和水獺先生的故事，大家一定覺得河馬小姐説的這些氣人的話實在是太誇張了，其實，這就是誇張帶給人的感受。究竟什麼是誇張呢？誇張指的是為了啟發聽者或讀者的想像力和加強所説的話的力量，**用誇大的詞語來形容事物**的修辭方法。運用誇張，不僅能增強語言所表現的力量，產生強烈的藝術效果，還能渲染氣氛。

誇張從內容上主要分為擴大誇張、縮小誇張和超前誇張。在故事中，我們也可以看到其中兩種誇張的應用。

擴大誇張：「你看看，你看看，你家的牽牛花都長到我家的院子裏來了，這種行為跟橫行霸道的螃蟹有什麼區別？」這句話是對牽牛花生長的姿態進行了擴大誇張；「每天你熬湯的時候，樹葉和魚腥味一飄過來，我的胃裏就翻江倒海的，恨不得狂吐半個月！」這句話中，河馬小姐擴大誇張了自己的感受，突出了湯的味道。

縮小誇張：「我説水獺先生呀，你搬家的動作也太慢了，你和烏龜是親戚？」這句話是對水獺先生搬家速度的縮小誇張；「哎喲，説話跟蚊子一樣細聲細語的，誰聽得見啊？」這句話也用了縮小誇張的手法。

通過這個故事，你會發現誇張的作用在於突出事物的特徵，啟發聯想。讓人一下子就能想像出河馬小姐挑剔的樣子。

感謝媽媽

下面這些都是媽媽平時為我們做的事，試着用誇張的手法，表達對她的感謝吧！

媽媽為我整理書桌時，我會説：

媽媽為我做了一道我喜歡的菜，我會説：

媽媽為我蓋好被子，我會説：

木棉老師的魔法

（知識點：擬人）

　　木棉老師站在講台上，神秘地對大家笑着：「今天，我要教大家一個魔法。」

　　「魔法？」天哪！大家怎麼也想像

不到，木棉老師竟然會魔法！

「木棉老師，你會飛嗎？」

「木棉老師，你能變出滿滿一桌子好吃的嗎？」

「你能把教室變成遊樂場嗎？」

木棉老師拍了三下手，做了一個「噓」的動作。孩子們乖乖安靜下來，

閉上了嘴 👄 ，開始期待木棉老師的魔
法。

　　木棉老師舉起了一疊卡片 🖼 ，上
面畫着一些物品、動物和植物。他講了
起來：「我今天要教給大家一種賦予事
物生命的魔法。」他晃了晃卡片，繼續
說着，「**我們把這些事物想像成人，
讓它像人一樣活動，有思想，有感
情，能說話，然後再用句子表達出
來。**這樣，我們卡片上的東西就能動起
來啦。」

　　他指了指第一張卡片上畫着的小鴨

子，說道：「小鴨子的心裏裝着一池清凌凌的春水。」

奇妙的事情發生了，卡片上的小鴨子果真搖搖擺擺地走起路來，撲通一聲，跳進水池 ⊚ 裏。

「哇！好神奇！」教室裏一陣驚呼。

「誰要來試試？」

「我，我，我！」小帆站起來，瞅着一張小熊 🐻 卡片說，「小熊愛打滾！」

可是，小熊一動也沒動。

「小熊愛吃蜂蜜！」

可是，小熊還是一動也沒動。

「小帆，你還沒找到讓小熊變得像人一樣的魔法，小熊愛打滾和愛吃蜂蜜🍯，是小熊本來就喜歡做的事情。」

「聞到蜂蜜的味道，小熊心裏樂開了花。」米蘭在一旁說。

奇妙的事情發生了，卡片上的小熊果真動了起來，還伸了個懶腰🐻。

「米蘭讓小熊有了像人一樣的情緒，所以小熊動了！」木棉老師說，「這就是我要教給大家的魔法——擬人

句。」

「我學會啦！迎春花伸出手臂，想要擁抱太陽！」

哇，卡片上的迎春花開了。

「我學會啦！小雲朵遇到太陽，沒說話，臉卻羞紅了。」

卡片上的小雲朵在飄動。

「我也學會啦！小青蛙像個小歌手🎤，在荷葉上呱呱叫。」多多說。

奇怪，小青蛙怎麼沒動？

「多多，我們今天學習的是擬人句魔法。你的魔法可不對，你說的話裏多

39

了一個『像』字，這是比喻句。」木棉老師告訴多多。

多多想了想，又說：「夏天，池塘裏的小青蛙正歡快地唱着歌。」

話音剛落，卡片上的小青蛙就蹦得好高好高！

　　「沒錯，這才是擬人句！」木棉老師說。

　　後來，大家都學會了這個魔法，還把魔法教給了身邊的很多孩子。

　　那木棉老師呢？他正忙着為孩子們研發新的魔法呢！

賦予事物生命吧！

　　故事中的神奇「魔法」其實就是擬人的修辭手法。在寫作中，我們常常會用到擬人。

　　擬人就是**把事物當作人來寫，把事物人格化，使它具有人的思想、感情和行為。**擬人的修辭手法經常出現在童話、寓言、文藝作品中。運用擬人手法的句子，就是擬人句。

　　擬人可以使抽象的事物變得具體，讓沒有生命的東西活起來，讓語言更加鮮明、形象和生動，進一步表達作者想要表達的思想感情，有很大的感染力和説服力。

找出擬人句

請你試着從下列句子中找出運用擬人修辭手法的句子，並為這些句子前的星星塗上顏色。

 星星在空中調皮地眨着眼睛。

 我看見大黑狗在雪地裏跑來跑去，身上蓋滿了白雪。

 夏天的螢火蟲就像俏皮的孩子一樣，在草間飛舞。

 字典爺爺家裏吵吵鬧鬧的，原來啊，是標點符號們在吵個不停。

 一頁一頁的書像潔白的風帆。

小狗和小貓編童謠

（知識點：頂真）

小狗走在街上，突然聽到小羊在大
聲地唱着歌謠：

「小狗蹦躂躂，他去找小鴨。小鴨
水裏～～游，他去找小猴。小猴練爬

高，他去找**小貓**。**小貓**抓老鼠，找到大**老虎**。**老虎**嗷嗷叫，小狗嚇得哇哇叫。」

「什麼？這不是在造謠我是個膽小鬼嗎？」小狗很生氣，他衝到小羊面前大聲地質問她，「這是誰編的？」

小狗問**小羊**，**小羊**說不知道，讓他去問小牛；

小狗問**小牛**，**小牛**說不知道，讓他去問小豬；

小狗問**小豬**，**小豬**說不知道，讓他去問小雞；

小狗問小雞，小雞說她知道，這是小貓編的！

竟然是小貓！小狗想起來了，前幾天自己不小心把小貓的風鈴弄壞了。可他明明已經跟小貓說過對不起了，她還一直記在心裏，真是個小氣鬼！

生氣的小狗決定也編一首歌謠嘲笑小貓：

「小花貓，買麵包。麵包霉，買草莓。草莓爛，買大蒜。大蒜大蒜真夠辣，小貓眼淚下來啦！」

　　編完歌謠，得意洋洋的小狗想：我要把這首歌謠大聲地告訴所有人，讓大家都唱起來！

　　小狗興沖沖地出了門，準備騎上單車，他已經等不及要把編好的歌謠告訴大家了。可是，他一走到單車旁，就看到了車座上的布墊子。沒錯，這是小貓給他做的，因為有一次小狗抱怨車座硌屁股，小貓就採了好多蒲公英，給他縫了個軟軟的墊子。

　　小狗心軟了，他想：雖然小貓有點小心眼，但我也編歌謠來嘲笑她，那不

47

是跟她一樣小心眼了嗎？再說，小貓要是知道這首歌謠是我編的，她一定會掉眼淚的！

於是，小狗決定重新編一首：

「小花貓，種小苗 🌱。小苗高，結花苞。花苞鼓，變花朵。花朵可真香，樂壞小花貓！」

小狗對他編好的歌謠滿意極了。他騎上單車，想快點把這首歌謠大聲地告訴大家。

他把這首歌謠教給了**小羊**，**小羊**教給了**小牛**，**小牛**教給了**小豬**，**小豬**教給了小雞……

就在大家都唱着 小狗編的歌謠時，小狗騎着車，來到了熊伯伯的花店。他準備去買幾株小花苗，送給小貓。沒錯，他喜歡看小貓樂壞了的樣子。

小狗拿着花苗，走出店門時，突然聽到了另一首歌謠。

「小花狗，找朋友。他去找小鴨，小鴨水裏游。他去找小猴，小猴練爬高。他去找小貓，小貓做蛋糕，做好等小狗，快來吃蛋糕。」

　　哈哈！聽到了這首歌謠的小狗騎上車，飛快地朝着小貓家奔去！

朗朗上口的魔法

　　故事裏聰明的小狗和小貓，編了很多有趣的歌謠。為什麼這些歌謠聽起來朗朗上口、趣味十足呢？因為這是頂真的修辭手法在幫忙。

　　頂真（頂針），也叫聯珠、蟬聯，指的是**用前面結尾的字詞或句子做下一句的起頭**的修辭方法。

　　「從前有座山，山裏有座廟，廟裏有個老和尚，老和尚在跟小和尚講故事。」就是一種常見的頂真。在古詩詞中，也常常使用頂真的修辭手法，例如《木蘭詩》中的「壯士十年歸。歸來見天子，天子坐明堂。」

　　善於運用頂真的修辭手法，可以讓你的文字句與句之間環環相扣、一氣呵成、音韻和諧、朗朗上口。

句子開火車

下面這些用頂真手法變出的「句子火車」並不完整，請你發揮想像力，將句子火車補充完整吧！

軍書十二卷，（　　　　　）。

出門看伙伴，（　　　　　）。

北風呼呼，吹向大樹。

大樹嘩嘩，飄下樹葉。

（　　　　），（　　　　）。

兔子阿灰找朋友

（知識點：關聯詞）

　　兔子阿灰很會跳兔子舞，很會滑滾軸溜冰，還很會摺紙飛機 。

　　兔子阿灰是一隻聰明的小兔子。可是，阿灰最近沒有找朋友玩，常常坐在

窗口  發呆。

「阿灰，你可以去找小黑玩啊，小黑也很喜歡跳  兔子舞。」兔媽媽怕兒子太孤單了。

「**雖然**小黑也很喜歡跳兔子舞，**但是**他跳得不好，我不想和他一起

跳。」阿灰說。阿灰想起小黑跳舞時那笨手 笨腳 的踏步，不協調又沒節奏的扭動，和他一起玩多沒勁！

「那麼，穿上滾軸溜冰鞋 出去找小白玩，小白也很喜歡滑滾軸溜冰。」兔媽媽又說。

「**雖然**小白也很喜歡滑滾軸溜冰，**但是**她滑得太慢了，我才不想和她一起滑。」阿灰繼續說，「小白才學沒多久，滑着滑着就摔一跤 ，跟小白一起玩也很沒勁！」

「紙飛機 呢，你不是很會摺紙飛機嗎？小呆最近也很喜歡摺紙飛機，去跟他玩吧。」

「**雖然**小呆也很喜歡摺紙飛機，**但是**他摺得亂七八糟，經常弄皺很多張紙 才摺出一架飛機，我不想和他一起摺。」阿灰搖搖頭。

「阿灰，你不希望和朋友在一起玩嗎？」

「**雖然**我希望自己能有朋友，**但是**我周圍的確沒有什麼人可以當我的朋友。」

兔媽媽想了想，認真地說：「親愛的阿灰，**雖然**你是一隻聰明的小兔子，**但是**在交朋友這件事情上，你還是應該做得更好。」

兔媽媽摸了摸阿灰的頭，又說：「你不能只看到朋友們的缺點，我們一起想想你這些朋友的優點 👍 吧！」

「媽媽，我知道了。」他有點明白媽媽的意思了，開始思考幾位朋友的優點。

儘管小黑跳兔子舞跳得不夠好，**可**他沒有放棄對跳舞的熱愛 💕 ，每

天練習跳舞。

儘管小白滾軸溜冰滑得不夠好，**可**她摔跤之後還照樣會勇敢站起來繼續練習。

儘管小呆摺紙摺得不夠好，**可**他很努力，有一次，他還摺出了一隻小兔子。

　　兔子阿灰明白了，他說：「這麼一想，我覺得他們都很棒，我應該為有這樣的朋友感到驕傲。之前，我**雖然**覺得自己是一隻聰明的小兔子，**但是**我有點驕傲了，也沒有看到別人的長處，這樣太不好了。」阿灰說着，穿上了外套，準備出門。

　　「**儘管**我以前做得不夠好，**可**我還是相信自己會越做越好的！媽媽再見

「，我去找朋友玩啦！」兔子阿灰蹦蹦跳跳地出了門。

句子之間的橋樑

　　從故事中我們可以找到一些關聯詞，關聯詞是我們説話、寫作的好幫手，使用得當，能起到很好的表達效果。

　　在現代漢語中，**能起到橋樑作用的詞語、能夠把兩個或者兩個以上在意義上有密切聯繫的句子連接起來，組成意思更複雜的句子的詞語，就是關聯詞語。**

　　「關聯」是指事物之間相互發生牽連和影響，顧名思義，關聯詞就是指在語言中起到一定關聯作用的詞語。通過典型的關聯詞，我們就可以知道語言之間的關係了。

　　在故事中，阿灰一直在重複一組關聯詞：「雖然……但是……」，這是一組表示轉折關係的關聯詞，它可以用來連接兩個分句，前一個分句説出一個意思，後一個分句不是順着前面分句的意思説下去，而是拐了個彎，在語義上做了個轉折。常用的表示轉折關係的關聯詞還有「儘管……還……」「可是……」「……卻……」。

1. 造句我最行

你能嘗試利用轉折關係的關聯詞造句子，來誇誇小明和小秀嗎？

儘管小明在比賽中未能名列前茅，_____。

雖然小秀的裙子顏色不夠豔麗，_____。

2. 關聯詞填一填

試試填入合適的關聯詞，使句子表達完整。

（　　　）今天下大雨，同學們（　　　）堅持去上學。

（　　　）我很喜歡吃雪糕，（　　　）為了健康我不能多吃。

幸運的小青蛙

（知識點：更多關聯詞）

青蛙一家受到 漢字王國 小公主的邀約，將會去小公主的宮殿裏坐一坐，三隻小青蛙都開心極了。

青蛙媽媽趕緊給小青蛙們準備了幾

個  錦囊 ，幫他們在宮殿裏應對突發事件。

小青蛙跳跳拿到的錦囊是：「**要麼……要麼……**」。

小青蛙呱呱拿到的錦囊是：「**雖然……但是……**」。

小青蛙撲通拿到的錦囊是：「**不但……而且……**」。

「哇，我是最幸運的小青蛙！」小青蛙撲通開心極了。如果小公主把一個西瓜 和一個桃子 擺在他們面前，小青蛙跳跳只能**要麼**吃西瓜，**要**

麼吃桃子；小青蛙呱呱呢，**雖然**能吃到西瓜，**但是**卻吃不到桃子；小青蛙撲通就不同了，他**不但**能吃西瓜，**而且**還能吃桃子！

小青蛙撲通傻笑着 就出發了。小青蛙跳跳和小青蛙呱呱也很開心，受到小公主的邀請本來就是一件開心的事情啊！

「漢字王國裏有一條 詞語龍，小公主還有很多漂亮的裙子。你說，她會不會讓我們騎着詞語龍玩？會不會讓我們看看她漂亮的裙子 呀？」小青

66

蛙跳跳滿懷期待地説。

「應該會吧。」小青蛙呱呱也非常期待接下來的行程。

「哈哈，會的，會的。」小青蛙撲通忍不住笑出聲來。他心裏想：

要是小公主牽出她的詞語龍，又拿出很多漂亮裙子，小青蛙跳跳只能**要麽**騎詞語龍，**要麽**看看漂亮裙子；小青蛙呱呱呢，**雖然**能騎到詞語龍，**但是**卻看不到漂亮裙子；而我就不同了，我**不**

但能騎到詞語龍，**而且**能看到漂亮的裙子。我才是最幸運的小青蛙呀！

很快，三隻小青蛙懷着期待的心情來到了漢字王國。

「小青蛙們，歡迎你們來到漢字王國，選一個要表演的節目，展示一下你們的才藝吧！」

哎呀，竟然不是一來就能吃到好吃的東西，也不是一來就能騎到小公主的詞語龍。

三隻小青蛙，表演的節目是跳舞和

畫畫  。

小青蛙跳跳因為有媽媽給的錦囊，所以，他可以選擇**要麼**跳舞，**要麼**畫畫。小青蛙跳跳選擇了跳舞，他跳得好極了，得到了一個忌廉大蛋糕 。

小青蛙呱呱因為有媽媽給的錦囊，所以，他也可以選擇其中一個項目表演。**雖然**他需要畫畫，**但是**他不用跳舞。小青蛙呱呱畫的畫真好看，他得到了一大盒朱古力。

小青蛙撲通呢，因為有媽媽給的錦囊，所以他**不但**要跳舞，**而且**得畫畫。

　　小青蛙撲通手忙腳亂的，跳舞也沒跳好，畫畫也畫得一團糟。

　　天哪！這個節目表演得可真是太失敗了！

　　不過，小公主卻看得哈哈大笑，也獎勵給了小青蛙撲通一大碗雲呢拿雪糕。

　　雖然小公主也很喜歡自己的節目，但小青蛙撲通想：之前的我太貪心了，**不但**想要好吃的東西，**而且**還要騎小公主的詞語龍、看小公主的漂亮裙子。以後可要謙虛謹慎呀！

各式各樣關聯詞

小青蛙手中的錦囊，其實就是三組不同的關聯詞。

小青蛙跳跳拿到的錦囊是**表示選擇關係的關聯詞**「要麼……要麼……」，選擇關係是讓説話人可以在兩者中任選其中一個，常用的表示選擇關係的關聯詞還有「或者……或者……」、「是……還是……」、「不是……就是……」。

小青蛙呱呱拿到的錦囊是**表示轉折關係的關聯詞**「雖然……但是……」，這個關聯詞連接的兩部分意思相反，語義發生轉折。常用的表示轉折關係的關聯詞還有「儘管……還是……」、「……然而……」。

小青蛙撲通拿到的錦囊是**表示遞進關係的關聯詞**「不但……而且……」，這種關係的分句後面的意思比前面的意思更進一層，程度更深，範圍更廣，因此小青蛙撲通可以選了又選。常用的表示遞進關係的關聯詞還有「不但……還……」、「不僅……而且……」。

想要恰當地表達自己的需求，就一定要正確使用關聯詞語！

選擇關聯詞

請根據下面的情景,選擇恰當的關聯詞,並把對應的字母填入括號內吧!

　　我和媽媽一起去超市買東西,我很想吃雪櫃裏的雪糕和雪條啊。於是,我說:「媽媽,我們(　　　)要買雪糕,(　　　)要買雪條。」媽媽覺得冰冷食物對身體不好,於是說:「你(　　　)買雪糕,(　　　)買雪條,自己選吧!」我只好說:「(　　　)雪糕看起來不錯,(　　　)我還是選擇我最愛的雪條!」

A. 要麼

B. 要麼

C. 但是

D. 不但

E. 雖然

F. 而且

嚴厲先生吃了棉花糖

（知識點：祈使句）

　　大家都覺得，嚴厲先生說起話來總是硬邦邦的，像一塊鐵鑄的盾牌🛡。

　　嚴厲先生不太討人喜歡。

　　來聽聽嚴厲先生是怎麼說話的吧：

「別動！前面有車，看不到嗎？」

「別胡說！誰家的孩子說瞎話？」

「喂，前面修路，禁止通行！」

雖然嚴厲先生說的這些話是出於好意，但他一開口  ，大家就會被他嚇得心撲通撲通地跳個不停！

這一天，小松鼠果果遞給嚴厲先生一塊棉花糖 ：「請您嘗嘗棉花糖的味道吧！」

嚴厲先生點點頭，收下了棉花糖。嚴厲先生小時候 最愛吃棉花糖了。

　　吃了棉花糖之後，嚴厲先生發生了一些奇妙的變化——

　　他走在公園裏，看到小兔正在偷偷摘花 。他剛想呵斥，一張嘴，卻用最柔軟的聲音對小兔說：「好孩子，**請不要摘花**！花兒是給大家欣賞的，要是大家都像你這樣把花偷摘回家，公園就不再漂亮了。」

　　原來，嚴厲先生吃下的是有魔力的棉花糖，它能讓嚴厲先生的語氣變得格

外柔和、格外有禮貌。

　　現在啊，嚴厲先生的說話方式變成了這樣：

「**請不要闖紅燈！**遵守交通規則才是好孩子。」

「果樹上噴了農藥，**請不要隨意採摘！**」

「**請不要在馬路上踢球呀。**來，我們一起去操場上踢吧！」

大家覺得嚴厲先生温柔極了，嚴厲先生也覺得自己温柔極了。

從前，孩子們見了他就要跑。

現在，他身邊圍着一大羣快樂的孩子。

更重要的是，嚴厲先生學會了微笑，他和大家説話時，語言柔和，臉上還帶着笑容😊，看起來實在是太有禮貌了。

他又找到小松鼠果果，想請他給自

己更多的棉花糖，因為他想變得再柔和一些，再有禮貌一些。

吃掉小松鼠給的一大袋棉花糖，嚴厲先生等待着自己發生更奇妙的變化。

第二天，嚴厲先生走過熊爺爺家的葡萄園時，看見小狐狸正在偷 葡萄。

他立刻走上前去：「小狐狸呀，想吃葡萄嗎？**求求你，能不能不要偷葡萄啊？**我幫你去向熊爺爺要一些葡萄可以嗎？」

被抓包的小狐狸本來還挺心虛的，

一看到嚴厲先生是這種柔和的態度，立馬挺起胸脯，嘴 硬了起來：「你是誰啊？才不要你管我呢！」小狐狸吐了吐舌頭，一溜煙 逃跑了。

　　熊爺爺聽到聲音走了出來，看到一大片被破壞了的葡萄藤 和站在葡萄藤下的嚴厲先生。不等他解釋，就氣得拿起拐杖 ，敲打起嚴厲先生來。

　　「哎喲，不是我偷的葡萄啊！」
　　「哎喲，我剛剛語氣太溫柔了。」
　　「哎喲，我應該及時呵斥他的。」

「哎喲，別打了，別打了！」

挨了打的嚴厲先生一瘸一拐往

家走，他對自己剛才的表現

懊惱極了，心裏想：

人有時還是需要嚴厲的！

剛剛如果我大聲呵斥小狐狸，

肯定能制止他的錯誤行為。該和

氣的時候和和氣氣，該嚴厲的時候必須

得嚴厲才行啊！

知識加油站

如何請求、勸告與命令？

嚴厲先生說出的這些話，在語文的句式用法上，其實都被叫作祈使句。**當你要對方做或不做某些事的時候，使用的帶有祈使語氣的句子**就是祈使句。

有時候它可以用很嚴厲的方式表達出來，有時候它也可以用很和氣的方式表達出來。

使用祈使句，我們可以表示請求、命令、勸告和催促的意義。要想說出一個祈使句，離不開「**吧**」、「**呀**」、「**啊**」等語氣詞。

在平時的生活中，爸爸媽媽和我們說的很多話都是祈使句，比如：「吃完飯，我們去外面逛逛吧！」「請把垃圾扔進垃圾桶。」「去洗手，然後再吃晚飯！」

當你和父母溝通時，可能也會用到祈使句。但要記住，在與父母進行溝通時，在適當表達自己的請求或需要時，禮貌和尊重的語氣也是非常重要的喲！

想一想，選一選

試想想，如果你在圖書館裏看書，當你需要找某本書時，你應該和圖書館管理員說：「_____」。

① 請幫我找一本書，謝謝！

② 嘿，這本書在哪兒放着呢？

③ 把這本書給我拿來吧！

④ 快點，幫我找書！

83

句號先生和
感歎號小姐

（知識點：陳述句和感歎句）

句號先生和感歎號小姐是朋友，更是鄰居🏠🏠。他們住得很近，平時會一起做很多事情。

但是，句號先生有一點不喜歡💔

感歎號小姐的某些做法。

句號先生覺得感歎號小姐說話太 **誇張** 了。遇到喜歡的東西時，她恨不得能把它捧上天，遇到討厭的東西時，她巴不得把它摔到地上，再踩上幾腳。

看到一朵小雛菊，感歎號小姐會誇張地大叫：「天哪！這朵小雛菊也**太美了吧！**」

聞到臭豆腐的味道，感歎號小姐會更加誇張地大喊：「**臭！特臭！超級臭！臭不可聞！臭得我的鼻子都快失靈了！**」

句號先生與感歎號小姐性格不同，他說話總是心平氣和的：

「這朵小雛菊還不錯。」

「臭豆腐有臭味。」

「我喜歡吃紅燒豬蹄。」

「巴士上人很多，我決定步行。」

……

這天晚上，句號先生剛吃過飯，悠閒地為自己泡上了一杯茶，準備打開報紙看看新聞。他屁股剛落在椅子上，就聽到了一陣急促的敲門聲。

　　從防盜眼往外一看，句號先生發現是省略號大爺來了。

省略號大爺總是來句號先生家借東西，經常是借了扳手借錘子，借完錘子又借鍋。借給他東西，他又從來不還，就跟省略號大爺自己一樣，沒完沒了，像個填不滿的無底洞。

句號先生看到他就頭痛 ，但家裏的燈還亮着呢，他又不能假裝不在家，於是只好硬着頭皮開了門 ：「省略號大爺，您好。」

「句號先生，我是來向您借汽車 的……」

「我的車剛剛從修理廠取回來。」

句號先生很為難，上次省略號大爺借走了他的車，撞到大樹█上，把車頭都撞扁了，幸好沒有引起人員傷亡。

「但是，我真的有急用……」

這時候，感歎號小姐正好在院子裏聽█到了他們的對話，隔着籬笆就大叫起來：「省略號大爺，**您的臉皮真夠厚啊！**您已經給句號先生**造成了太多的麻煩！**車是不能外借的，您要是開着句號先生的車出了事█，還得句號先生來承擔責任，句號先生**可承擔不起啊！**我跟您說啊，您要有急事，

趕緊去召車，**召車多方便啊！**
一直麻煩別人也**太沒禮貌了吧！**」

天哪，感歎號小姐一連用了很多個感歎號，把省略號大爺說得都無地自容了！他只好說了聲「再見」，就匆匆離開了。

句號先生這才覺得，自己說話一直平平淡淡的，從來不好意思鼓足勇氣拒

絕別人，反而委屈了自己。這時，他反倒更喜歡感歎號小姐的做法，雖然她有時語氣誇張了一點，但說什麼都痛痛快快的，倒是敢愛敢恨。

所以，句號先生對感歎號小姐喊了一句「謝謝」。

想了想，句號先生又改口說：「哦，不，應該是**非常感謝您！**」

陳述、感歎大不同

按照句子的不同作用，我們可以將之分為陳述句、祈使句、疑問句和感歎句。

句號先生説出的話其實是**陳述句**。陳述句就是**用來敍述或説明情況、帶有陳述語調的句子**，例如：「這是一本字典。」在書面上，陳述句末尾用**句號**。

而感歎號小姐呢，她説出的話大多是**感歎句**。感歎句是**表示感情強烈、帶有感歎語氣的句子**，例如：「哎喲！」「多麼美麗的景色啊！」在書面上，感歎句末尾用**感歎號**。

通過故事，你會感受到，句號先生與感歎號小姐的性格完全不同。在進行交流時，我們要根據當時的情景，考慮使用語氣平緩的陳述句，還是要用感情色彩強烈的感歎句。

1. 選一選

小明今晚去樓下餐廳吃了一頓飯，下面哪句話強烈地表達出了他對餐廳飯菜的好感？（　　　）

A. 今天的晚餐還不錯。

B. 難道今天的晚餐好吃嗎？

C. 今天的晚餐實在太好吃了！

D. 今天的晚餐真是一言難盡……

2. 句子大改造

齊來動動筆，把以下的陳述句改為感歎句吧！

• 花園很美麗。

_____

• 我很害怕，我聽到了咆哮聲。

_____

• 小貓很可愛。

_____

問號先生的問題

（知識點：疑問句）

「你的耳朵**為什麼**這麼大？」

「你的鼻子**怎麼**是扁的？」

「你叫**什麼**名字？」

「你家住在**哪兒**？」

「喂，你**能不能**跟我說句話？」

「你**是不是**一隻兔子？」

小豬嚕嚕剛一出門，就遇到了一個奇怪的先生。

要是小豬嚕嚕沒數錯的話，這位先生一連問了六個問題。最可笑的是，自己明明是豬 ，這位先生還偏偏問他是不是兔子！

　　小豬嚕嚕有點不高興 了：「我**幹嗎**要回答你的問題？」

　　奇怪的先生也不惱火，還是笑嘻嘻的。

　　「你沒聽說過問號先生**嗎**？這個人就是我。」

　　「我定了個目標 ，不論遇到誰，都要向他問上九十九個問題，你覺

得我厲害**嗎**？」

小豬嚕嚕心中暗叫不妙：「哎呀，九十九個問題，那豈不是把我的耳朵都要問出繭子來了**嗎**？」

小豬嚕嚕沒點頭，也沒搖頭，只想趕緊離問號先生遠一點。但就算他不回答，也不能阻止 問號先生繼續問問題。

「**誰**讓你到這兒來的呢？」

「你準備去**哪兒**？」

「**為什麼**你拿着棒棒糖，你喜歡吃它嗎？」

97

「你的背包是**什麼**牌子的？」

小豬嚕嚕不高興地說：「你這個人，問這麼多無聊 の 的問題有**什麼**意義？」

「問問題沒有意義**嗎**？你知道**嗎**？每一個偉大的發明家的腦子裏，都是裝滿了**問號**的！你知道鳥兒 **為什麼**會飛翔**嗎**？你知道魚兒 **為什麼**會自由地游動**嗎**？你知道螢火蟲 **為什麼**會發光**嗎**？你知道蝙蝠 **為什麼**能抓到蚊子**嗎**？我告訴你，飛機 是根據鳥兒的身體結構發明的，潛水艇

是根據魚兒的身體結構發明的，冷光燈是根據螢火蟲的發光原理發明的，雷達是根據蝙蝠回聲定位的本領發明的……這些知識都是我通過問問題得到的。」

「好吧，我承認，能夠發現問題挺重要的。」小豬嚕嚕說，「那問號先生，我也問一個問題吧！您說，您**為什麼**存在呢？」

「我？存在？**為什麼**？」

問號先生被小豬嚕嚕的問題問蒙了！他皺着眉頭走來走去，一不小心，

被石頭  絆了一跤！

「我知道啦！」問號先生爬起來就大聲喊，「我是為了**得到信息**而存在，我是為了**促進交流**而存在，我是

為了**激發人們的思考**而存在，我是為了**挖掘更深層次的信息**而存在！有問題就去問，我就會存在！」

咦，問號先生還沒問完九十九個問題呢，**為什麼**說話不帶問號了呢？

小豬嚕嚕定睛一看，哈哈，原來問號先生摔了一跤，變成了感歎號先生！

疑問、反問還是設問？

　　問號先生的每句話幾乎都是疑問句。

　　疑問句是句式中的一類，它與陳述句、感歎句、祈使句的最大區別就是帶有疑問語氣。疑問句的主要交際功能是提出問題、詢問情況。它是我們在表達時常常會用到的句式。

　　疑問句可以幫助我們**判斷事實**，例如：這裏是北京嗎？

　　疑問句也可以幫助我們**選擇**，例如：你吃麵條還是米飯？

　　疑問句還可以幫助我們**了解情況**，例如：你們班有多少人？

　　特別要注意的是：帶問號的句子不一定是疑問句，也有可能是反問句或者設問句。**反問句就是用疑問的句式，表達肯定的觀點。**反問句比一般的陳述句語氣更加強烈，更能引起人們的深思與反思。而**設問句是自問自答**，可以強烈地表達說話人的想法，引起別人的注意和思考。

我來當偵探

根據偵探和路人的對話，猜猜偵探要找的是哪個人。

偵探　他是不是男生？

不是。　路人

偵探　她是不是長頭髮？

是的。　路人

偵探　她是不是背着橙色的斜挎包？

不是。　路人

偵探　她是不是戴着眼鏡？

是的。　路人

請問偵探要找的路人是 _____ 。

不不小姐

（知識點：否定和雙重否定）

　　熊先生暗地裏把灰兔小姐稱為不不小姐，因為不管熊先生跟灰兔小姐說什麼，她都會說不，這總讓人覺得不爽，像是把熱臉貼到了冷屁股上。

「灰兔小姐，我幫你拿包吧！」

「**不**，我**不用**別人幫忙拿包！」

「灰兔小姐，我剛摘的蘋果，送給你一些吧！」

「**不**，我**不需要**！」

「灰兔小姐，我騎車帶你去圖書館吧！」

「**不**，我想走着去！」

看看，遇到這樣的鄰居多無趣呀！

不過，就算是這樣，熊先生見了灰兔小姐照樣會客客氣氣的，熊先生不是那種小心眼的人；況且，熊先生認為，

一定是灰兔小姐一個人生活得太久了，很獨立，才會習慣不管做什麼，都自己動手 吧。

有一天，熊先生看見灰兔小姐推着小推車出了門，車裏堆着像小山一樣高的紅蘿蔔 。

「灰兔小姐，我幫你推車吧？」熊先生看到灰兔小姐吃力的樣子，又忍不住想幫忙。

「**不，不用**你幫。」灰兔小姐搖了搖頭，推着車朝鎮子的方向走去。

小推車經過熊先生身邊時，發出了

咯吱咯吱 的聲音，這引起了他的警惕。熊先生擔心推車出現問題，暗暗為灰兔小姐擔心呢。

要不我也跟上去好了。熊先生轉身回家，穿好了外套 ，偷偷地跟在灰兔小姐身後。

去鎮子的山路上，有一條很長很長的下坡路 。熊先生見灰兔小姐推着小推車跑得飛快，都快要握不住車把了。

突然，灰兔小姐的小推車歪了歪，朝着山崖衝去，紅蘿蔔也嘩啦啦地滾落

在地上。

「我的紅蘿蔔！」灰兔小姐捨不得放開車，跟着它跟跟蹌蹌地跑。

熊先生着急了：「灰兔小姐，我來幫你！」

他幾個箭步就躥了過去，一把把車把握在手裏。

好險啊，小推車差點就把灰兔小姐帶下山崖了！

「謝謝你，熊先生！」灰兔小姐嚇得臉色煞白。

「出門的時候，我聽見你的小推車有響動，我猜想　　　小推車可能有點問題，所以跟着你走來了。」熊先生說，「你個子小，推車很吃力　　，現在，讓我來幫你推吧。」

「嗯，現在，我**不得不**讓你來推了，因為我的腳　　扭到了。」

從那時起呀，灰兔小姐不再拒絕熊先生了，不過，她的說話方式依然是這樣的。

「我**不得不**承認，熊先生是一位熱心的人！」

「我**沒有理由不**把你當成我最好的朋友！」

「遇到你這麼熱心  的人，任何人都**不可能不**被你感動呀！」

哈哈，灰兔小姐真是一位不折不扣的不不小姐呀，不過，誰能否認她也有可愛的一面呢？熊先生想。

不肯定還是不否定？

　　故事中的灰兔小姐總是拒絕別人的幫助，於是經常用否定句來表達自己的想法。顧名思義，**否定句就是表示否定的句子**。否定句必須有否定詞，否定詞不僅僅有「不」，從古至今漢語中否定詞還有「弗」、「勿」、「未」、「否」、「非」等。

　　雙重否定句是相對於單重否定句而言的，它**用否定加否定的形式，表達肯定的語意**。雙重否定句語氣比肯定句更為強烈，起到不容置疑、進一步肯定的效果。

　　肯定句與雙重否定句是可以進行句式互換的。當肯定句改為雙重否定句時，在句中加上「不能不」、「不要不」、「不是不」、「不會不」、「不得不」、「非……不可」等。「不得不」帶有「無奈、勉強、不情願」等意思，改寫成肯定句時，通常加上「只能」或「只好」等詞。而「不能不」、「不要不」、「非……不可」等語氣強烈，改寫時可以加上「必須」、「肯定」或「當然」等詞。

給句子動手術

試按照要求，改寫下面的句子，給句子動手術吧！

- 從此，楚王不敢不尊重晏子了。（改為肯定句）

_____

- 所有人都佩服他。（改為雙重否定句）

_____

- 每個孩子都喜歡小動物。（改為反問句）

_____

樹芽到底發不發

（知識點：標點符號）

　　樹精爺爺和水精婆婆住在森林裏。這一年，春天 還沒到來的時候，樹精爺爺跟水精婆婆打了個賭，看誰能沉得住氣，最晚響應春天的召喚。

　　不過，春天的太陽　　越來越暖了，春天的風兒　　越吹越軟了，春天的細雨　　也綿綿地下起來了，春天的召喚越來越急促。雖然樹精爺爺堅持着不發新芽　　，但他還是有點坐不住了。他在地上寫下一行字，決定出門去看看水精婆婆，看她有沒有悄悄地融化冰雪　　，迎接春天。

　　樹精爺爺前腳剛走，兩個小樹精就跑進了他的家。

　　這兩個小樹精太想讓春天快點到來了，想來勸一勸樹精爺爺，讓他不要再

和水精婆婆打賭了。

　　沒看到樹精爺爺，樹精小嘟發現了樹精爺爺在地上留下的一行字：

日暖風軟樹芽發不發

　　樹精爺爺沒有寫**標點符號**。

　　「樹精爺爺想表達什麼意思呢？」樹精小拉問。

　　「依照樹精爺爺的脾氣，他肯定是想說：日暖風軟，樹芽發**？**不發**！**」樹精小嘟隨手拾起一塊石頭，在地上

添上了幾個標點符號。

「小嘟，你說樹精爺爺和水精婆婆打這個賭，有意思嗎？」小拉說，「就為了贏過　水精婆婆，他就不迎接春天了？」

兩個小樹精知道，樹精爺爺非要跟水精婆婆打賭，其實是因為水精婆婆總說樹精爺爺是個沒能耐的傢伙，一把老骨頭扛不住寒風 ，天天盼着春天來。

　　「是啊，這下子，害得森林裏到現在還沒迎來春天。不行，我得讓樹枝抽出新芽來！」小拉決定對着樹枝唸一些春天的咒語。～&%～#@～*～

　　「可是，你不怕樹精爺爺生我們的氣嗎？」

　　小拉剛伸出的手 又縮了回來：

「讓我想想……」

突然，小拉大叫一聲：「有辦法了！我給樹精爺爺留下的這句話加幾個標點符號。」

小拉走過去，改掉🤜了剛才畫上去的標點符號，地上的字變成了這樣：

「日暖風軟，樹芽發不❓發❗」

「字跡是樹精爺爺的，可不是我們寫的！他要是生氣了，也怪不到我們頭上，只能啞巴吃黃連──有苦說不出！」小嘟明白了小拉的意思，「小拉，快讓樹枝發芽吧！」

樹枝在樹精小拉的咒語召喚下，冒出了新芽。森林裏其他樹枝也跟着發了芽，光禿禿的森林一下子充滿了生機。

　　樹精爺爺輸了比賽，怒氣沖沖地往家走！不過，他走着走着，看到發了新芽的樹扭動着腰，聽到嘰嘰喳喳的鳥兒大聲歌唱，氣漸漸消了。

　　樹精爺爺忍不住也笑了起來，大喊了一聲：「水精婆婆，春天來了！」

用標點符號無聲說話

在字裏行間，總有小小的標點相伴，這就是標點符號。

標號和點號合稱為標點符號。**標號用來標示某些成分（主要是詞語）的性質和作用**，例如引號、括弧、破折號、省略號、書名號等。**點號主要用來表示停頓和語氣**，例如句號、問號、歎號、逗號、頓號、分號、冒號等。

標點符號是無聲的語言，和文字一樣可以表情達意，它能夠幫助讀者**辨明句子的結構和語氣**，正確理解文章的意思。標點符號是書面語言裏不可缺少的輔助工具，是語言的組成部分。

有兩個標點符號的使用頻率很高，一個是逗號，它表示一句話中間的停頓；另一個是句號，它主要表示句子的陳述語氣，用在陳述句和語氣輕的祈使句的末尾。

加上標點符號

「下雨天留客天留我不留」是很好玩的無標點符號的句子！在沒有標點符號的情況下，這個句子可以有很多種拆分和理解的方法。

如果你是冒雨而來，想要住在這家客棧的客人，你應該填寫怎樣的標點符號呢？

下 雨 天 留 客 天 留 我 不 留

如果你是客棧的老闆，此時店裏已經客滿。面對下雨來投宿的客人，你應該填寫怎樣的標點符號呢？

下 雨 天 留 客 天 留 我 不 留

參考答案

P. 13

進入想像園

B

句子裝扮大比併

陽光像金子一樣照在草地上。

雨過天晴，彩虹像一座彎彎的七彩橋橫跨在天空上。

P. 23

創造「咒語」

比……還……

變變變，變出一朵比紗還輕，比羊毛還白，比棉花糖還柔軟的雲彩。

P. 33

感謝媽媽

哇！您把我的書桌整理得太乾淨了，連一粒灰塵都看不見，謝謝媽媽！

這菜太好吃啦，這是特級大廚做的菜嗎？菜還沒下鍋的時候，我就聞到香味啦！

太暖和啦，是全世界的溫暖空氣都鑽到我被窩裏了嗎？

P.43

找出擬人句

 星星在空中調皮地眨着眼睛。

 我看見大黑狗在雪地裏跑來跑去，身上蓋滿了白雪。

 夏天的螢火蟲就像俏皮的孩子一樣，在草間飛舞。

 字典爺爺家裏吵吵鬧鬧的，原來啊，是標點符號們在吵個不停。

 一頁一頁的書像潔白的風帆。

P. 53
句子開火車
卷卷有爺名；
伙伴皆驚忙；
樹葉沙沙；漫天飛舞

P. 63
造句我最行
但他絲毫沒有垂頭喪氣；
但是她還是人羣中最漂亮的一個。

關聯詞填一填
雖然、還是；
雖然、但是

P. 73
選擇關聯詞
D、F、A、B、E、C

P. 83
想一想，選一選
①

P. 93
選一選
C

句子大改造
花園也太美麗了吧！
我聽到了咆哮聲，太嚇人了！
多麼可愛的小貓啊！

P. 103
我來當偵探
米粒

P. 113

給句子動手術

從此，楚王只好開始尊重晏子了。

沒有人不佩服他。

難道有孩子不喜歡小動物嗎？

P. 123

加上標點符號

下雨天，留客天，留我不留？

下雨天留客，天留，我不留。

童話大語文

句子篇（上）句式與修辭

原 書 名：《童話大語文：修辭王國的歷險》
作 者：陳夢敏
繪 者：冉少丹
責任編輯：林可欣
美術設計：劉麗萍
出 版：新雅文化事業有限公司
　　　　香港英皇道 499 號北角工業大廈 18 樓
　　　　電話：（852）2138 7998
　　　　傳真：（852）2597 4003
　　　　網址：http://www.sunya.com.hk
　　　　電郵：marketing@sunya.com.hk
發 行：香港聯合書刊物流有限公司
　　　　香港荃灣德士古道220-248號荃灣工業中心16樓
　　　　電話：（852）2150 2100
　　　　傳真：（852）2407 3062
　　　　電郵：info@suplogistics.com.hk
印 刷：中華商務彩色印刷有限公司
　　　　香港新界大埔汀麗路 36 號
版 次：二〇二四年六月初版

ISBN: 978-962-08-8387-3
Traditional Chinese Edition © 2024 Sun Ya Publications (HK) Ltd.
18/F, North Point Industrial Building, 499 King's Road, Hong Kong
Published in Hong Kong SAR, China
Printed in China